El Día de Acción de Gracias

Mir Tamim Ansary

Traducción de Patricia Abello

Heinemann Library
Chicago, Illinois

Customer Service 888-454-2279
Visit our website at www.heinemannlibrary.com

Designed by Depke Design
Printed and bound in the United States by Lake Book Manufacturing, Inc.

07 06 05
10 9 8 7 6 5 4 3 2

Library of Congress Cataloging-in-Publication Data
Ansary, Mir Tamim.
   [Thanksgiving Day. Spanish]
   El Día de Acción de Gracias / Mir Tamim Ansary ; traducción de Patricia Abello.
      p. cm— (Historias de fiestas)
   Summary: Describes the historic events that shaped Thanksgiving Day and details the
various ways it is celebrated.
   Includes bibliographical references (p.) and index.
   ISBN 1-4034-3007-1 (HC), 1-4034-3030-6 (pbk.)
1. Thanksgiving Day—Juvenile literature. [1. Thanksgiving Day. 2. Holidays. 3.
Spanish language materials.] I. Title.

GT4975 .A57 2003
394.2649—dc21
                                    2002038721

Acknowledgments
The author and publishers are grateful to the following for permission to reproduce
copyright material:
Cover photograph: Corbis
pp. 4, 13, 19, 27 Corbis; p. 5 Tony Freeman/Photo Edit; pp. 6–7 SuperStock; pp. 7B, 9, 16, 17, 18,
20–21, 22, 23, 25B, 26 Granger; pp. 10, 11, 12, 14, 15 North Wind Pictures; pp. 24–25 Gettysburg
National Military Park Service; p. 28L A. Ramey/Photo Edit; p. 28R David Young-Wolff/Photo Edit;
p. 29 Photo Edit.

Every effort has been made to contact copyright holders of any material reproduced in this book.
Any omissions will be rectified in subsequent printings if notice is given to the publisher.

Unas palabras están en negrita, **así.** Encontrarás
el significado de esas palabras en el glosario.

Contenido

Hoy es el Día de Acción de Gracias

Ya casi es invierno. En algunas partes, se están cayendo las hojas y el cielo está gris. Pero hay un ambiente de alegría. ¿Por qué? Porque hoy es el Día de Acción de Gracias.

Las familias están reunidas adentro.
Se preparan para una gran cena.
En casi todas las casas huele a
pavo asado.

Acción de Gracias en el pasado

El pavo es muy popular en el Día de Acción de Gracias. Hace 50 años, el pavo sólo se servía en esta fecha especial. Pero, ¿qué tiene que ver el pavo con "dar gracias"?

La respuesta nos lleva a una fiesta famosa que se celebró hace casi 400 años. Los que ofrecieron la fiesta eran **recién llegados** a esta tierra. Los invitados eran los indígenas norteamericanos.

Primeros americanos

Los indígenas llegaron de Asia hace miles de años. En 1600, vivían en gran parte de América del Norte. Pocos europeos vivían aquí en esa época.

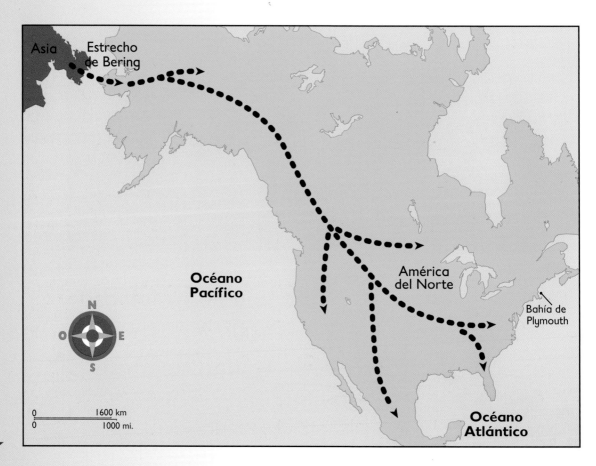

Los wampanoag era una tribu grande de indígenas norteamericanos. Tenían unas 30 aldeas a lo largo de la **costa** Atlántica. Algunos vivían cerca de lo que hoy es la bahía de Plymouth, en Massachusetts.

Llegan los peregrinos

Un día llegó un barco a la bahía de
Plymouth. Se llamaba el *Mayflower*.
En él iban 102 personas de Inglaterra.
Querían **establecerse** en América
del Norte.

Muchas de esas personas eran peregrinos.
Un peregrino es una persona que viaja
por razones religiosas. Los peregrinos
llegaron a América del Norte en
noviembre de 1620.

La religión puritana

A estos peregrinos les decían puritanos
en Inglaterra. Tenían ideas propias sobre
la religión. Querían vivir una vida **sencilla,**
estudiar la Biblia y rezar.

Iglesia Anglicana en Canterbury, Inglaterra

Pero las leyes inglesas decían que todos debían pertenecer a la iglesia Anglicana. Esa iglesia era muy rica y la dirigía el rey. Los puritanos no querían pertenecer a la iglesia del rey.

En busca de la libertad

Unos puritanos estaban presos por no obedecer al rey. Otros se marcharon del país. Pero no encontraron un buen lugar para vivir en ninguna parte de Europa.

Por no obedecer al rey, a veces se castigaba a los puritanos metiéndoles las manos y la cabeza en un marco de madera.

Al fin, un grupo decidió irse al "Nuevo Mundo", América del Norte. Ésas fueron las personas que llegaron a la bahía de Plymouth en 1620. Llegaron dos meses después de salir de Europa.

Tiempos difíciles

Los peregrinos no sabían conseguir
alimentos ni hacer **viviendas** aquí.
Al llegar la primavera, casi la mitad
había muerto. Entonces llegaron unos
indígenas norteamericanos a visitarlos.

Uno de los visitantes era Massasoit, **jefe** de los wampanoag. Otro era Squanto. Su nombre indígena era Tisquantum y vivía en la aldea de Massasoit. Tisquantum se fue a vivir con los peregrinos.

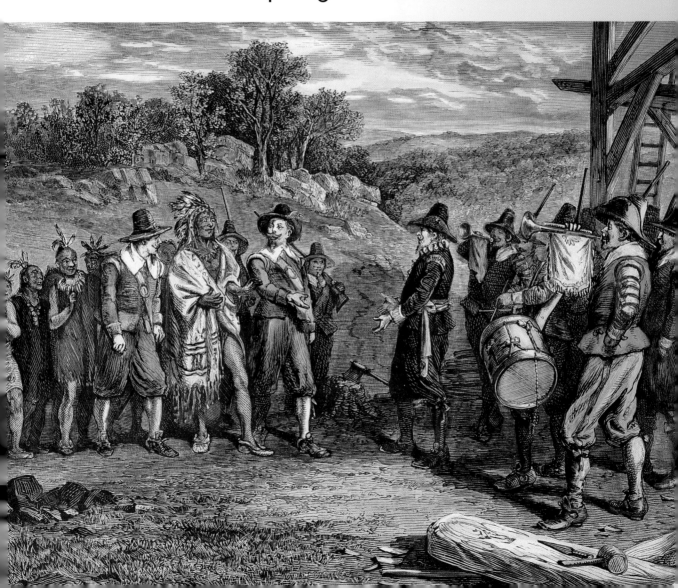

Una buena cosecha

Tisquantum les enseñó a los peregrinos
a cultivar y pescar en América del Norte.
Les enseñó a cazar venados y pavos
silvestres. Al llegar el otoño, los peregrinos
tenían abundante comida.

Los ingleses tenían una **costumbre**. Después
de una buena **cosecha,** hacían una fiesta.
Los peregrinos decidieron hacer una fiesta
e invitar a los wampanoag.

El primer Día de Acción de Gracias

Celebrar la **cosecha** también era una **costumbre** de los wampanoag. Su fiesta se llamaba el **Festival** del Maíz Verde. ¡El **jefe** Massasoit llegó a la fiesta de los peregrinos con 90 personas!

Uno de los principales alimentos que se sirvió en ese **banquete** fue pavo silvestre. La fiesta duró tres días. Pero cuando terminó, casi nadie la volvió a recordar.

Nace la idea

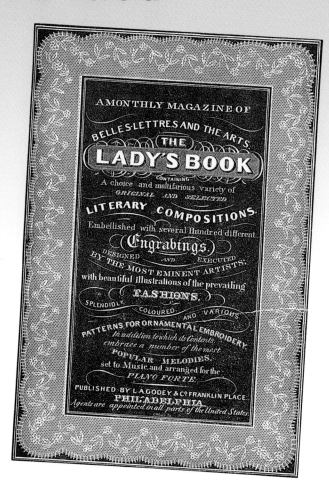

Sarah Hale escribía para revistas femeninas como ésta.

En 1840, la escritora Sarah Hale oyó hablar del **banquete** de los peregrinos y escribió sobre eso en varias revistas. Decía que nuestro país debía celebrar un día de acción de gracias cada año.

Hale siguió escribiendo sobre la idea
de acción de gracias por casi 20 años.
Un día, la idea llegó a oídos del presidente
Abraham Lincoln. A Lincoln le gustó.

Sarah Hale

Nace un día festivo

En esa época, nuestro país estaba dividido por la **Guerra de Secesión.** Lincoln pensó que un Día de Acción de Gracias sería un buen modo de unir a la gente.

Presidente Abraham Lincoln

En 1863, Lincoln **declaró** la fiesta **nacional** de Acción de Gracias. Decidió que sería el último jueves de noviembre. También decidió que se celebraría todos los años.

★

Nuevos estadounidenses

Después de la **Guerra de Secesión,** llegaron más personas a los Estados Unidos. Buscaban libertad, así como los peregrinos. Estos nuevos estadounidenses celebraron con gusto el Día de Acción de Gracias.

Los **recién llegados** conocían esa
costumbre. Muchos celebraban la
cosecha en sus países. Ayudaron a que
el Día de Acción de Gracias fuera una
fiesta tan especial.

Una fiesta nacional

Hoy en día, en nuestro país vive gente de muy distintos lugares. Ya pocos somos granjeros. Pero casi todos seguimos celebrando el Día de Acción de Gracias del mismo modo.

Nos reunimos con nuestros seres queridos. Damos gracias por las buenas cosas que tenemos. Después comemos una rica comida.

Fechas importantes

Día de Acción de Gracias

1492	Cristóbal Colón explora las Américas
1607	Ingleses se **establecen** en América del Norte
1620	Los peregrinos llegan a Plymouth, Massachusetts
1621	Se celebra el primer Día de Acción de Gracias
1789	George Washington declara el 26 de noviembre día **nacional** de Acción de Gracias
1830	Nueva York tiene día oficial de Acción de Gracias
1840	Sarah Hale comienza a escribir sobre el primer Día de Acción de Gracias
1863	Abraham Lincoln declara el Día de Acción de Gracias
1865-1900	Más de 14 millones de personas llegan a los Estados Unidos de otros países
1941	El Congreso nombra el cuarto jueves de noviembre como Día de Acción de Gracias

Glosario

banquete fiesta en la que se come mucho

cosecha lo que produce una granja en una estación

costa tierra cercana al océano o mar

costumbre cosas que hacemos siempre en ocasiones
o días especiales

declarar anunciar algo

establecerse formar un hogar en un nuevo lugar

festival tiempo de celebración

Guerra de Secesión Guerra entre los estados del Norte
y los estados del Sur de los Estados Unidos (1861–1865)

jefe líder

nacional que tiene que ver con toda la nación

recién llegados personas que acaban de llegar
a un nuevo lugar

sencillo simple

Más libros para leer

Un lector bilingüe puede ayudarte a leer estos libros:

Bruchac, Joseph. *Squanto's Journey*. New York: Harcourt, 2000.

Kuperstein, Joel. *Celebrating Thanksgiving*. Mankato, Minn.:
Creative Teaching Press, 1999.

Roop, Connie. *Let's Celebrate Thanksgiving*. Brookfield, Conn.:
Millbrook Press, Inc., 1999.

Índice